心是存在的舞

树是虚空的香

我们是石子

杨旭恒 著

人民日报出版社

北京

图书在版编目（CIP）数据

我们是石子 / 杨旭恒著. —— 北京：人民日报出版社，2023.11

ISBN 978-7-5115-8058-0

Ⅰ.①我… Ⅱ.①杨… Ⅲ.①诗集 – 中国 – 当代 Ⅳ.①I227

中国国家版本馆CIP数据核字(2023)第208419号

书　　名：**我们是石子**
　　　　　WOMEN SHI SHIZI
著　　者：杨旭恒

出 版 人：刘华新
责任编辑：陈　红　王　艺　吴婷婷
特邀编辑：李彦池
封面设计：唐　剑

出版发行：**人民日报**出版社
社　　址：北京金台西路2号
邮政编码：100733
发行热线：（010）65369527　65369509　65369512　65369846
邮购热线：（010）65369530　65363527
编辑热线：（010）65369844
网　　址：www.peopledailypress.com
经　　销：新华书店
印　　刷：昆明业成印务有限公司

开　　本：889mm×1194mm　1/32
字　　数：100千字
印　　张：7.75
版次印次：2023年12月第1版　　2023年12月第1次印刷

书　　号：ISBN 978-7-5115-8058-0
定　　价：58.00元

诗句打着花布伞

——读杨旭恒诗集《我们是石子》

（旅日）田原

诗歌作为语言的载体，自古至今都在为读者提供着审美情趣和无限的回味以及想象空间。作为一个古老的文体，诗歌在世界各个语种里都扮演着无法替代的重要角色。《吉尔伽美什史诗》《荷马史诗》《诗经》《万叶集》等，这些诗歌虽年代久远，至今仍是永不减弱的灯塔，照亮着我们。欧洲的十四行、中国的五言七律宋词、日本的俳句短歌川柳等，诸如此类的定型诗虽然都因时代的变迁被边缘化，但从未中断过自身的延续。我对西方的格律诗和中国古体诗在当下究竟有多少写作者没做过相关统计，单就日语而言，写定型诗的总人数要远远多于现代诗的写作者。诗歌为什么能有如此强大的生命力，或许就在于它是一个民族语言秩序的缔造者，也是一个民族的精神象征，其不可磨灭的神圣性跟诗歌诠释灵魂有直接关系。

就诗歌艺术本身而言，古体诗与现代诗在本质上没有太大区别。前者无外乎受限于各种清规戒律，被规范化；后者则是不受任何束缚的无政府主义。现代诗（自由诗）自诞生以来，打破了古体诗束手束脚的条条框框，无论是外在形式，还是内在节奏，甚或是表现方法和语言的连贯性等，都没有任何约束。任凭诗人们去自由发挥和恣肆想象，或随手拈来一挥而就，或斟词酌句反复琢磨，去完成一次乘坐文字之舟的精神之旅。

收到电子版《我们是石子》几日后，终于静下心一气读完这本即将付梓的诗集。在阅读中，诗人写作手法的多样化和题材的丰富性引人注目。集中有类似于绝句的五行短诗，简约犀利，直抵诗歌的本质；也有不少直抒胸臆的直观式写作，声情并茂，语言优美亲切；当然也不乏通过暗示或隐喻，呈现独自思考带有现代性的诗篇。读旭恒先生的诗，遂想起韩愈的"言之短长与声之高下"，也会产生"空里流霜不觉飞，汀上白沙看不见"的感觉。这本诗集可以说全方位展现了诗人婉约、含蓄、直白、爽朗、奔放的性情。虽与旭恒先生素未谋面，但能够想象出他肯定是一位内心纯净美好、阳光开朗、充满幽默感的人。

旭恒先生是拥有自己声音的诗人。他的很多诗篇中，都把个人情怀恰到好处地转换成了诗句。说到诗人情怀或诗歌的抒情性，很多诗人谈情色变，以为抒情已经成为过去式。其实不然，任何诗人都无法回避诗歌与情感的问题。诗歌与情感虽是一个古老命题，但是，一首诗中究竟要注入多少诗人的情感才最能传情达意呢？我相信没谁能解释清楚这个问题。我个人觉得，诗歌自古对情感有一个苛刻的适度要求，多则显得滥情和煽情；少则不堪卒读，如同嚼蜡。诗不是修辞机械的组合，亦非空洞感叹，一定程度上它必须体现出诗人的体温、脉动甚至身体气息等。一首诗若读不出情感和情怀，很难想象在读者中的接受度。

　　诗句时常饿肚皮
　　用它忍辱负重的身子发话
　　替诗人歌颂寂寞和洗礼做作
　　解释呐喊和放声涕泗
　　它不是诗人灵魂的代言人
　　只是殁灭后发芽的种子
　　在湖泊、马路、高山和天空
　　的飞行中横空出世
　　诗人总认为每每发表诗

就意味着施舍人间一些诗句

它们用铅字排印在纸上

随后莫名其妙地走向大海

波涛掀起后又抛入沙尘

有时用嘴拱着诗人睡觉的枕头

有时熨帖他大山上疾行的脚

有时……被窝里温柔的

诗句恣意横行，打着花布伞

——《诗句》

　　这首题为《诗句》的短诗结构独具匠心，颇为巧妙。诗人开门见山地对诗句进行了拟人化处理，之后在娓娓道来的叙述里，诗情和意义在诗人的想象中层层递进。作为诗人虚构的一系列举动，跃然纸上的诗人形象既可爱又滑稽，让人忍俊不禁。这首短诗以调侃和反讽的语调生动地描摹出了诗句与诗人的关系，而且带有身临其境的现实感。语言平易，诗意盎然，使这首诗形成了自身的时间范围。更有趣的是，诗人最后落笔在"打着花布伞"这五个字上，将读者带入匪夷所思的世界，以这种形式结尾，为读者留下了巨大的思考和回味的空间。

这本诗集的书名似乎昭示着一个新鲜的寓意：我们每个人都不过是一粒石子，无论大小轻重都有自己的重量，被铺成路或筑成墙构成这个世界。旭恒先生正是用他这一粒石子，通过目观耳听，构建了他如此独特美妙的诗歌王国。

2023 年 11 月 25 日写于日本

目录
Contents

旅　途

静默的行驶中
汽笛的清香与雾色的呜呜交融
含含糊糊昏睡
列车倏然溜过水墨画夹岸的山门

栖　所

天上皎月

地上草木

那和风止歇处

便是心的栖所

大地的心门

大地的心门

向我打开

向宽阔的街道敞开

让风的影子

定格在匆匆走过的行人脸上

思索着，燃烧着

每年每月，每日每时
我们思索着什么，燃烧着什么
是自己的灵魂还是头发
——它们都极易燃烧成灰烬

伤　感

白天，金子般的眼泪潮湿了每个路人的脸庞
我终于发现太阳比任何人活得更忧郁更悲伤
但是，谁都不愿长歌太阳，或者长哭人生

际 遇

我遭遇的一些世人
像陨星、流星和扫帚星
闪耀着掠过我的视线
我却矗立在太阳的影子里

痕　迹

天篷在外
天空不得跹
旧人在敞裸的台阶
烙下逐级而升的脚印

午后的声音

午后的声音
清虚而空灵
在薄薄的光线缝隙间
行走，寻找落脚

月的怀抱

在月的怀抱
和茶汤的气息里
你与我
偷得片刻的安谧

喫 茶

请吃一碗茶吧

喫茶的人啊

或已忘了过去

要到天堂去

正静享人间

隐藏的声音

在我的耳鼓深处
噪响着另外的声音
在我的愿望深处
封冻着永恒的时光

风的魔力

风吹过村庄

风穿越田畴

风扫荡茫茫天宇

风啊，难道它

还会刺痛爱情的骨头

岁月的印章

我们在寒冷的峭壁中蜷缩着
日光缓慢隐退
一轮孤月挂上天边
恰如岁月的印章
镌刻于时间的天堂

狗脸的岁月

谁想知道
在狗的脸上
有没有刻着岁月
而岁月的脸上
有没有镌刻着梦幻

晒太阳的老人

三两个老头
蹲在墙角晒太阳
太阳照在他们脸上
太阳比他们更苍老

在桥上看流水

在桥上看流水
流水不会将她带走
在春天里放风筝
春风不会放逐他的心

傍　晚

在黄昏色天穹覆盖下
我随我黄昏色影子步入市井
在黄昏色人头攒动中
凝望那黄昏色雁儿背驮夜梦
独自远去

倾听雷声

倾听雷声隆隆
江河沸腾，群山俯首
站在雷电的讲演台下
面不羞赧心不跳
渺小的我算得上伟人

美的歧义

美就是美？
有人认为美就是不美
有人认为不美就是美
有人则把美和美的议论者
均视若寇仇！

五月的灯光

五月夜，有灯盏

灯光亮晃晃

照上水面

照过篱墙

照进心坎

两条路

门前两条路
交叉的柏油路
一条通往充满氢气的广场
一条伸向郁结蛛网的墓园
唯爱这条路——
走向与幽冥相伴的圣地
那儿有关于诗的感觉

无字的面庞

看不清眼睑

读不懂面庞

因为它们

没有文字注解

而灵光乍现的那一瞬

却听到心的吟唱

随风飘过神秘街衢

鸟与落樱

雀儿

于壶间嬉戏

此刻落樱

缓缓飘向草坪

缀满

湿漉漉的马路

雨后阳光

阵雨

濡湿她的乌发

天转瞬放晴

阳光拍打水波

悄然于

浓密的树荫放歌

凄迷之歌

一首歌

异常凄清

刺穿积雪

让孤独的眼球

折射暗夜的云影

徒步山林

徒步林中小径

溪流刮擦

鹁鸟的夜梦

密叶筛选

秋月的光束

一枚榛子

坠落

敲开她深蹙的眉头

天边的云

天边
飘过一朵云
仰头望云
她的脸颊
被云的阴翳
兀自遮没

储水瓶

茶水
透过玻璃的
储水瓶
呼吸
鲜花的静物
衬着
那走过
墙垣的背影

天　际

天际
红云乱窜
疑是
故乡传来
战马的嘶鸣
交织着
城市的幻景

思　恋

她
不再
思恋时
死亡
的剪影
便缓缓掠过
黄昏竹篱

一把剪刀

一把
静止的
剪刀
如何剪开
白色
桌布的
愁绪

绿色行囊

绿色行囊
锈迹斑斑
恰如
停泊深港
的心
期待如云漂泊
或点燃闪电

嬗　变

我把六个女人

用我的心

捏合在一起

蓦然间

她们嬗变为

我生命里

最成熟的作品

心　境

仙人球掉进暗夜
沉沉无影的沙漠中
风起了，搓捻着
晶体状的颗粒
在月光和海市蜃楼
空隙间激荡不已

树的海洋

她
走出田畴
走近
篱笆的墙
忽而转身
走进墨绿色
树的海洋

山泉水

他来山中
汲一钵泉水
置放于林子边缘
然后侧耳聆听——
那钵内的响声
竟与不远处的瀑布
和响共鸣

曼德勒的黄昏

秋日

曼德勒的黄昏

夕晖涂染护城河畔

皇城故都

三两只鹈鹕

拍翅飞向

薄暮下的烟林

梦的循环

渐渐苏醒过来
他被自己的话语吵醒
他的话语发自沉郁的梦
他的梦是自己梦里做的
他喝了杯可乐什么的
然后又坠入沉郁的梦
他在梦中发出呢喃细语
那呓语再次将他搅醒

绝对的诗句

无声的诗句

停泊在年逾古稀的海滩

柔韧的月光

轻捷、变幻和行为的

去给人们释义吧

告诉他们谁将诗句

珍藏于海洋的最深处

谁便能推动

那缓慢海洋的进程

一棵树

一棵巨大
的椰树
仰对着苍穹
微笑、点头
它的表达
或许是彩色的
或许是白色的
或许无色
或许
以怀旧的方式
才能够
碰触永恒

清　音

一枚花瓣
一粒尘土
一抹夕阳
于我心镜
皆成过往

树梢上
落下松针
空留清音

围炉细说

有的茶

可以

悠然地品

有的话

可以

娓娓细说

围坐竹炉旁

说道

日暮春山

说道

山岚尽散

还说道

瑞雪初降

……

说天说地

说得

通透而澄明

像天地般

旷远

道出心的轨迹

夜阑人静

夜阑人静

聆听

一只巴掌

拍出的声音

比那空中

掠过的

一只雀鸟

显得空渺

也比那

滴落渊潭

的山泉

隐秘而清晰

松 烟

寒冷夜

孤灯之上

我瞅见

积雪的山峦

一位

修行的老者

独坐巅峰

无惧严寒

用月光的眼神

凝望松烟

飘起，又落下

冬 夜

只在冬夜寒气
的威逼下
才听到空气蠕动
的声音
只在月光颤动
的波纹下
才觉察到时间
的皱褶

侘 寂

石上溪涧
的侘寂

风中树影
的侘寂

月下墙垣
的侘寂
······

珍藏于
无欲的心中
的侘寂

时间之城

走过

时间之城

看不到

他额上的皱纹

昔日那

熟悉却又陌生

的眼神

隐退为街衢

的背景

始终注视着

城市的

每一处动静

昼夜之交

残霞——

西天寂寞的懦夫

被降临的夜色

轻易地捕获

静电的榆树林梢

升起一轮金黄

落花飘零在眼睫上

鹭鸶知趣地掉头

消隐在云蒸霞蔚的天际

夜曲（之一）

由来的路回去

没有

嘀嘀嗒嗒的钟声

和鼻息

生命之流

注入脚下的模子

铸成

蛋清一样的思绪

扩散

造化圣诞节

那一派冰清玉洁

夜曲（之二）

为了畅饮生命中最甘美
的琼浆，一个疯狂的醉汉
手持金杯仰卧街边
遥对青山翠谷放声高歌

在北半球静穆的月夜
一只野天鹅发出声声哀鸣
水面上波光粼粼，沉舟无影
激扬的水花渐渐渺无波痕

沉疴与泥土落入卑怯的池水
高贵的云雀飞翔于长河上
与云絮中的仙子欢聚起舞
奏响时间过程中一曲曲漫溅歌谣

岁月毒枭啃噬了生命

遮没情人眼帘下珍视的未来

她最后一个纯洁的欲望

恰如忧愁河上漾动的蓝色音符

旋 梯

我从
这一座
旋梯

飞至
另一座
旋梯

更高的
旋梯

更美的
旋梯
燃烧的
旋梯

旋梯
在我的
脚下
摸索春天

我在
它背后的
栅栏
隐没踪影

旋梯
又上升
随后
慢吞吞地
爬落

旋梯

像嗜血的

玫瑰

旋梯

游乐园

盛开的花

不真实的日子

跃动的
日子
是
不真实的

甜蜜的
梦境
也是
不真实的

梦境
与日子
是一对
孪生姊妹

梦

只有

在梦中

才是真实

生活

只有照进

另一摊

爱的积水

才是

真的生活

迷途的灯光

灯光

在夜晚

疯狂地舞

无情的

乐曲

刺痛玻璃

咸腥的

风

白色的

城墙

隐匿在

警戒线上

一声

折断翅膀

的晚钟

掠过森林

飞蛾

一起扑来

眼底

簇拥着

蛇一样的

篝火

菱形的

符号

在脚下

镜子

反映出

光

潮湿的

磷光

一个梦

一串脚印

吹来

夜晚的

星星

隆起了

玛瑙的眼

无形的

涟漪

浮游其中

无波的

想象

失却归途

造物的

手

将神秘的

光

抛向宇宙

不屈的圆点

一缕
残余的
梦幻
朦胧中
摇曳我那
干涸的
心房

一束
孤寂的
灯光
模糊地
照亮
我最后的
渴想

无声的
血
光灿灿的
血啊
向着森林
荒漠
和寰宇
永无休止
地流淌

红色的
血管
绵延于
颤动的
大地
像枝丫上
悬挂的
虹
引向
无涯无际
的苍穹

一个

不屈的

圆点

遥远的

圆点

闪亮的

圆点

被界定在

沉默

忧伤

和爱情的

篝火上

虚设的手

让
虚设
发明
犄角的手
触摸
抚弄
薄荷的唇

一双
碧眼
染绿了
我的
黑发
脊背
和胸膛

我的
星辰
阳光
和夜晚

热辣辣
的唇
薄荷般
的唇
熨暖了
我的眼神

在
头颅
嵌饰着
蜂花
蔓草
和紫藤
夏夜
清凉的
景色里

逗留的影子

太阳

似一轮

火球

滚过

山崖的

雏菊

地球的

暗影

和再深处

的地心

那儿

传送出

一支

不歇的

孤单的
啜泣的歌

大海边
孩子
玩腻了
沙器
玩腻所有
原始的
游戏
洁白的
脚踝
被埋入
更白的
画布上的
景物

海风
细软的
沙子般的
风

吹绿了

海水

粉刷了

樯橹

浸没海堤

一棵

剥光皮

亮晃晃的

树

一个个

抖抖瑟瑟

的头颅

冒出海面

城市

坍塌的

建筑

有孤单

太阳的

影子

持续逗留

蓝色的苇花

蓝天
在变幻
无形的形

苇花
在深水中
燃烧

一个迎合
蓝天的
微笑

花影
插下荆棘
往天风
住的蓝墙
爬升

花侣

（陌生的）

失却表情

玩

苇花扑克

苇花

在燃烧

在松针上

幽会

一朵花

沉入海水

黄昏

跌进海洋

一阵海风

轻抚

燃烧的

苇花

风

在蔚蓝色之外
旋转的天空

风呜咽地吹
又欢乐地吹

风凸现出
人字形的雁群

风的呼吸
时刻裸露地呈现

风的衣裳
蓓蕾般绽放

热浪琢蚀风
在静止的荒原

风的足迹
停伫在山岭上

风吹着口哨
划动光洁的水波

黛色的天空
风随意地飞扬

风失却归宿
孤零零地流浪

当天的晚报

伸出手
我接受了
几枚镍币
攥在手心
拿去买报
当天的晚报

镍币噢
这些小东西
印着图案
一面是麦穗
另外一面
是古老的城墙
我的心呢
是否也有两面
图案

它日复一日
都躁动不宁
喜欢遁入那
万籁无声的夜

白炽灯光下
我细细地品读
当天的晚报
从头版消息上
获得过不少
欢悦的气息

伸出手
我接受了
几枚镍币
在今后柔长
柔长的日子里
以淡淡的忧伤
静候卖报

我们是石子

我们是石子
消失于星际的闪烁
在宇宙传来的缥缈声中
褪尽了颜色

我们裸露石子般
柔滑的肌肤
默念被埋葬的眼睑
降落星石的行列

沉沦吧，石头
美在你深不可测的间隙
撑开那坚如磐石
美妙的、旋转的喉咙

它们蒸馏石子

嗓子隔着颗粒与颗粒

光年在钻探距离

水孕育了静谧的石香

月亮般的石子

枯槁的心

我们是石子

是比翼的天风

永远都不会荒朽

车　站

深深眷恋的我俩
总希望对方率先揭开
蒙在心上的面纱
你怀揣胆怯，我携带梦想
乘同一车到达同一站

候车室的座椅上
我俩相对凝望又凝望
在汽笛撕裂人心的长鸣中
终于结束了难挨的角逐
各自搭上奔赴东西的快车

也许从今往后呵
我俩将在浩瀚渺茫的太空
孤独无倚地飞航又飞航

无字之诗

没有诗句
或窃窃絮语
那直上天穹的烟岚
——薄雾散尽后
一行飞掠天际的白鹭

如果，只将它看作
想象的游戏
或者上帝的舞蹈
佛的大音，那么
隐隐约约地
我便看到一扇透光的窗牖

跨越时空

一个纯善的笑靥

有如夜空里那颗

暖色调的星

向我发出深情的呼唤

雨　夜

雨托着雷声不断

远处小巷女婴哭泣

空气淡而无味

医院门口大理石雕像

洗涂得理路清晰

生将死的奴仆驱赶

又轮番开始

播下五谷种下谚语

雨后的虹有晴，架起

在古河渡迷茫的光影里

卡　车

胰子沫泛起

涨潮般遮没了星月

起意瞑合夜的眼

向再深处凝神

悠忽的地平线那端

——一辆重型卡车

负荷着庞大的世界

向没有标明坐标

迷惘的遥远驰去

履 历

翻开履历表

视线顿时模糊

我有如一只甲虫

黏附于古老的树干

另有一双

来自黑暗的眼眸

越过滚滚麦浪

凝视着永恒的天空

在昔日的花丛中徜徉

她徜徉在昔日的花丛
风厮磨她的耳鬓
透过无花果的枝丫
她捞起一束水波中
颤抖的柔光
——与神奇梦魇幽会
她穿越太空
和时间女神亲密相伴
采下绿色的枝叶
拨弄船只，乘着风浪
流浪到空虚的尽头
她在疲乏中渐渐消失
早已望不见自己的身影
在昔日的花丛中徜徉

香醇美酒

一个人
站在孤独线边缘
将手伸入梦幻之海
捕捞生命，绿色
漩涡底处的漂泊

在深秋的果园
他将自己的沸血
搅拌风与果浆
酿成精美的醇酒
让世人分享、品尝

偷一片宁静

偷一片宁静

将星安置在心里

又摘一朵萎花

别在宇宙的桅杆顶端

世界没有多大变化

唯有内心空间

喧腾涌动的浪花

何必表白

当美远离时

我在虚无世界钻营

随后美乘风而来

我抓住它咽下肚子

把虚假甚至自身

抛向黑色幽谷

像俩人在坟茔前初恋

不必表白任何信誓

在阳光之上

让我滑行在阳光之上
声音如卧在岩石里的泉水

我想触摸太阳的蓝眼睛
闪耀的泪花，鼓动飞翔的羽翼

而你把调色板抛落到大海的
隐秘处，我便失却了色彩

身　影

就在森林尽头

粉红色一潭死水

我搜寻你的孤独

山谷里回响的巨音

伴随那晚礼裙

在夜风的抚弄下飘呀飘

遗憾我再一次

误以为是傍晚的云霞

时刻私下焦盼

旭日能否携你的身影一同升起

乌鸦与梦幻

天空摆下乌鸦的战场
在老高老高处织成一张
密密麻麻不透气的网
太阳却在网下
依然如故地照耀着大地
把炎热和光亮洒向臣民
像冬季风不能带给陆地
海洋里润泽温湿的水汽
宇宙风又有什么法子
冲破乌鸦设下的沉重锁闭
上帝憋闷哟

十字街

烟蒂
无名的花
闯入我的梦

所有的
眼睛　逃避光焰
在云中遨游

底片
在斑驳的
零度十字街
曝光

洁白的花丛

我想要
洁白的花一丛
就像搂抱
洁白的身躯
沉入奇特、永久的梦

仍还要那
洁白的花一丛
就像手捧
三两只白鸽
再在它们的羽翎
拴上洁白的韵儿
奇特、独自地放飞

启　示

灯光
黑雹　雪片
纷乱的城池

蜻蜓
伫在水中央
龙的脸庞

一本书
在云的屋脊
盘旋

心灵

像这本书

浸满笑的酒窝

像深奥的故事

或一启一闭

的窗户

季节（之一）

徒步旅行季节

樱花谢过

穿越街市的嘈杂

和空漠无边的喜悦

于是人们

在没有区分的混迹中

延续那永无休止

芬芳的繁衍

像落英的飘零

盛衰的规律

肉的堆积

在永恒的欲的狂热中

穿梭出

湛蓝的天空

满市的馨香

和时世的峥嵘

何须樱花

用它的开放与死亡

供给人赏玩

这个世界都很香

男人和女人

沉浸在浓重的嗅觉中

徒步旅行季节

樱花为何悲壮

哦，太阳

季节（之二）

枯萎的花
向太阳影子移动
喉咙吹来一阵
寂静的风

我们的季节
泛着神秘的色彩
灰色尘埃里
蝴蝶正在消隐

古树缠绕着手
钟声响彻心房
奔向永恒的地心
斑斓的血的舞蹈

红色的季节
绿色的城围
在深黄的水中
请将自己捕捞

那些花朵
依然是瓣如云
风在天庭
自由地吹

燃烧的空白

存在于原版上的空白
在正午睡眠空白的仓促
与完美梦境的聚合
手拉手地来到玫瑰园
玫瑰也是空白的
孩子用他软茸茸的手指
触抚和揉弄无力的花瓣
它们纷纷坠入汽车云
像涡伏的骨节似的
叉开腿模仿昆虫爬行
躲到空白山岗的篝火旁边
烧炙着空白的空白

完整的鸟

让歌唱的春天充塞灵魂
赋予飞翔的小鸟以
彩蝶和海贝缀饰的翅膀
一只鸟，一阕歌谣
以永恒的方式不停地飞
在凤凰树与梧桐之间
在闪着死亡蓝光的海边
它可能被气枪击落
或者被赶海的老人捕捉
关进精心饲养的樊笼
但它仍是一只鸟，一阕歌谣
以永恒的方式不停地飞
只有它自己知道

虚 空

心是存在的舞
树是虚空的香
灵魂的一种舞蹈
树影的一种芳香

我们迈出孤独
沐浴咸涩的海水
我们踏上征程
但启步即是尽头

热气永远旋转
海浪永不退却
在未知的风中
我们握住了虚空

色彩构成

蓝色之中
是红色的幻象
在紫色的外延
隐匿了它的阴郁

那绿的胸脯
满涵丰润的乳汁
澄碧的天空
恢宏的想象驰骋

粉色的披巾
在泛黄的书页下
一只透明的甲虫
闪动绿球似的眼珠

滚烫的风
吹抚苍白的面颊
原生物空洞的血
向黑暗的骨骼游窜

此时此刻
我们拥抱黄金的躯体
在橘色的幻镜前
煎熬痛苦自身

瞬　间

一

回过头的一瞬间

那一瞬间再也留不住

二

空气中一只手

撑着雨伞

和一束花

散步在河滩

绛紫色里

当它套上半截

深色的袖口

季节发生了转换

抉　择

坐在钟楼上摩挲头发

　（数着每一根头发）

他敞开自己白皙的皮肤

开始承受月光的洗浴

倾听月亮讲述那

讲也讲不完的抒情故事

日月如梭，而今

他拼命往嘴里灌可乐

并且顺势从钟楼泼下

泼泻在写字桌上

和他孩子的胃里

他想现在应该做出抉择

是活着死亡，还是死而复生

房间里的人

聆听音乐，房间里
两个鸟人颠沛流离
随波流浪到河的尽头
无处呻吟，谜语泛滥
他们蹙眉观察一粒尘埃
在空气中迁徙的影子
秋阳拖着缓缓的步履
顾怜黯淡园中的情侣
绿树用隐秘的纤手
拨响季节的重奏
朝向空明澄澈的天宇

林中的猫

登临树颠

阳光笼照你色彩光亮的背毛

你竖起尖锐的耳朵

像黑幽幽的枝丫，指向

静穆的苍穹

倾听电闪雷鸣之后

大地上每一声细微的

风吹草动

你会听见落叶

飘向林子深处的池子

听见红嘴鸟迁徙的

全部过程

树木的自然之钟啊

时针指向遥远的星座

你最不希望的

一件事情发生了

——一个顽皮少年

无意中纵火烧毁了

这座山林

包括周遭的树

烟幕弥漫，无处藏身

你恍如梦中精灵

钻入另一座隐秘的山林

伙　伴

风学着烈马的嘶吼

在路边的白蜡树

叶片上进行古老的对话

它像小偷溜进我的

乔其纱窗帘，沿着

猩红色的地毯

爬到卧榻上与我做伴

暮色沉重的山梁之巅

我一个矮子，站在

"呼哧"急喘的马驹旁

共同欣赏月光下

一望无际绿油油的菜蔬

仔细辨识风向——

风使夜晚愈加轻松

这是哲义的省示

风的嘶吼与马的喘息

一起跑到卧榻之上

与我做伴，与我做伴

黑色的圣坛

假若我

变成圣坛上

一枝黑色的玫瑰

却没有

溢出任何芬芳

继而变为

穿黑纱的少女

款款走过

大理石的阶厅

我却不会

钟爱这身影

仅仅把她当作

凿通一个窗口的

小宇宙

永远不会衰竭
却没有脸孔
应对万众脸上
繁多的褶皱
或许，那个圣坛
早已变成了
凝聚力量的暖泉

另一种声音

我想告诉你
生命朝向哪里
爱的河滩
蚁穴的哭喊
星空的迷乱，还有
风的每一次战栗

我想告诉你
晴朗天的孤寂
平日里放歌的心
被深埋于洞穴，或者
布谷鸟已经死去
大地对生命失却了
最后的悲悯

我还想告诉你

令人厌烦的霓虹灯

在彻夜闪烁，它照过

城市乞讨者的眼瞳

那蹒跚过街的老妪的脸颊

下一秒有一位

老头儿便扑通倒在

斑马线上，再不会动弹

我仍想告诉你

此刻，风就停伫在

古老的树梢

守望故园的月轮

但是月亮累了，躲进

幽暗的山谷

大地传响的歌谣

断断续续

回荡于时间的廊柱间

永恒却又悄无声息

记　忆

一束乌黑的鬓发
对着我嬉笑，燃烧我的愿望
情欲艺术家的街道
饥饿包裹的地心
布纹格中的独角兽
无所作为地游荡
面对墙壁冒出的烟气的芳香

她用一支会说话的
歌唱的炭条，捅出记忆下
泛着幽香与腐臭的逝物
或明亮的小径，天宇的帆船
缘云影半径绕梁而过
的音符，渴望被雨的烈焰燃烧

梦中的微笑

枕头在哼唧

送一束玫瑰

无色无味的便笺

记载喷气式飞机的白线

海鸥伸长自己的颈

在大海浅蓝的岸湾

有裙子和细雨

栗褐色长发凭空扫落

枝叶的音符奏出

挂像上蒙娜丽莎的微笑

音乐之夜

音乐由玻璃罩中传出
带着苦涩的咸腥
和海藻的滋味，向夜的
胸房注入大海的意念

不懂事的孩子，在风中
贪婪地吸食着音乐的氧
诗的醉汉从他梦中
跌跌撞撞跨入夜的门槛

细碎的、银光闪亮的
河面，一曲柔和的情歌
将心灵的隧道贯通、延长
空泛地侵蚀鱼的眼眶

滴水般的音乐轻轻浮晃
敲击着看不见的石头
在昏暗而又寂静的天庭
摇落嵌满谜语的符号

影　子

完美的情愫，因火车
那一声嘶鸣增添无限恻隐
缓缓地，晚霞的倦怠与失意中
月神拖一袭白纱款款落地

高原雪域的鹰教会他
放开心灵中一个个痛苦的匣子
在溢满美酒的细小泡沫里
体验她愠怒的眼神和爱的醉意

飓风怕什么，情人的眼睛
不会因它而变色，或者
不会因天空的嬗变化为乌有
面朝无影无形的风光痴迷

那远去的汽笛蕴含了
生命中静止与欢乐的远景
终点火车站空响的歌
和伫立在高高雪线上的一个
　　陌生的影子

亘古的命题

夕阳
在坠落下去的最后一刻
尽全力
把斜暮谷染得血红
也染红了
山巅牧羊的一对小男女

他们
在编织自古即有的情感
那女孩
爬上坡顶的一棵山楂树
为给男孩
摘几颗殷红的果实

突然

树根发生了剧烈晃动

闪电般

男孩冲到坡缘

推开女孩

自己却掉进深深的谷里

那女孩

捡起男孩丢下的鞭子

顺原路

掩着抽噎的哭泣回家

雪白的山羊

失散在沉沉暮霭之中

……

夜的游吟

夜里，你尽可以指望

零乱的叹息落没在

天水一线的远方

或者地球与月亮

影子的接壤处

还有星期天曾经

碾碎的一周的困惑里

流质的气体，顺从

呼喊灌入嘴巴

你尽可以指望的

想象安装翅膀在乱飞

蚊虫和苍蝇

轻易地钻进悬浮的列车

亲狎地恋爱和交尾

它们

同样在探寻理由

——生的理由

夏天的醒龊

冬天沉重的眠梦

黑夜过后，那么

黏糊糊的白昼接踵而至

它们——蚊虫和苍蝇

为消灭自身在探寻

时　间

灰蒙蒙的醉意里，时间
被水滴凝成几个阶段
从黎明时分苍蝇在格子窗
做炫耀性的飞行开始
到正午太阳辉煌的时刻
圆规叉开死亡的两腿
摸进果树园的阴影区域
然后是午后的冷气流
逍遥自在得意忘形之时
生活就悬垂在时间边缘
像苹果从枝头掉落
突然静止在天地之间
仿佛是绝妙的譬喻
热茶冒出气体后冷却了

一个需要凭借的窗口

瞭望着暮色的寒意

唯有星空能帮助它延续

无色、无味和无边的时间

拐　角

海的拐角

把脊背放到礁石背后

暗泛着沫子的水里

透过无孔的网眼

将夜的海滩探寻

悠长的意念颇费心机

大把大把地洒落星光

在水泥和钢筋灌铸而成的

海底隧道

有人骑自行车跑过

最长、漆黑的一段路径

聆听头顶的海在吹口哨

它不堪设想地影射

事先把龟蛋埋进沙窝

等待着孵化出诗

然后这个人站在海礁上

手持心爱的瓷瓶

接纳一片浪花、一片天

茕茕孑立，凝视远方

啊！啊！我看见了海花

和礁石背后的拐角

人们永远难懂得

拐角处海天茫茫一线

距　离

在书与阳光之间

呈现出山野纯洁的轮廓

村庄在天空下挣扎

形貌被蓝色衬托得异常清丽

风是心灵的钻头

层层阴影压碾雪的雕像

宽厚而丰腴的大地上

人的鼻孔塞满酸楚的盐

当我们畅所欲言时

书的灵魂正在骄傲翻飞

从纸的山麓飞抵辽阔云海

沐浴着初夏的阳光

点染了血液的色素

深情的合唱借书本传扬出来

在神秘思想的诱导下

裸露地奉献了一个金色的黎明

诗　句

诗句时常饿肚皮

用它忍辱负重的身子发话

替诗人歌颂寂寞和洗礼做作

解释呐喊和放声涕泗

它不是诗人灵魂的代言人

只是殁灭后发芽的种子

在湖泊、马路、高山和天空

的飞行中横空出世

诗人总认为每每发表诗

就意味着施舍人间一些诗句

它们用铅字排印在纸上

随后莫名其妙地走向大海

波涛掀起后又抛入沙尘

有时用嘴拱着诗人睡觉的枕头

有时熨帖他大山上疾行的脚

有时……被窝里温柔的

诗句恣意横行，打着花布伞

陶笛与大提琴

异样的味道，在雾霭迷蒙的
神秘光线中升起。陶笛的泉水
洗濯垂危少女纯洁的心房
且看朝阳蒸暖一抹云的香膏
涂在她海浪般轻轻卷伏的唇上

苍白的唇道出整个晴朗早晨的
静谧与和谐。她仿佛被琴音
抚摸、挑逗、戏谑……
一道电光激活岁月的霜叶
为天上浮云现出时间的妆镜

清亮的笛音洒向灿烂黄昏的
槭树林。大提琴撩起柔风亲吻
每一片叶子，为忧伤流连的晚宴
续演着他与陶笛的协奏

二　月

二月，天空释放鸟语
绿树的海洋翻滚波浪
痛楚的优雅，一盏白炽灯
照耀一颗远隔大洋的心

背对天空，凝视地壳的花纹
风润湿了窗棂上的玫瑰
水的滋养提升至空中花园
言语刺激无望而裸露的归途

谁在夜晚紫晶晶的沙滩踱步
一块方巾遮住透明的空气
录音戛然而止，大海往星星
　投去深情的一瞥

歌唱的海灵草

风中旋舞的石头

何时静止于夜晚高傲的发髻

柔曼的裙幅，珍珠的手

掀开晦明晦暗的海滨通道

由高高的石阶走进沙滩

那深蓝礁石环抱的梦境

浮在海风卷起的跌宕

母乳般隆起的浪峰

风与星光交汇的断面

茂密的叶将月光均匀地筛选

洒向你柔软的腰脊

鸢尾花的鞭毛在空中捕捉

水分子的养料

三色堇的狸猫穿过田畴

山野背后，海的哨音吹得如此
嘹亮，乳白泡沫像月影的斑点
充饰海水的故乡，风的
晚餐原料和无所顾忌的海灵草
变色虫在海的肚脐遗留下
　蜻蜓的翅膀

变质的景色

沙土吞噬了蜥蜴的孔穴
蝉翼闪着光芒，在微风中颤抖
晚风掀开古老海洋的思绪
由海底勃发出粗壮的树枝
直指时间隧道，粘贴着
已逝情人娇美的脚踝和那座
桂宫的旧苑荒台。时光飞逝
向北方的鹬鸟发出响亮的信号
山峦泛出果绿的颜色
一曲舒缓的曲谣从月亮泼染到
挂满金黄栗子的陡峭山坡
到处是成群结队的白色羊群
和半空中腾蹄嗷叫的麝牛
它们语言的和风吹拂山麓

阳光下无名野草摇摆着躯干

漆黑的眼球暴突于荒郊

昔日盛华的自然之光已然衰没

预示着空气和阳光

在岁月流转中发生了质变

轮　廓

色点、线条，演绎成蓝色的屏障
一个男人在绿树下黯然伤神
黑云笼罩的城市，失去音律的变奏
树把眼睛埋进记忆的风景

他手握画笔，走出一条窄巷
描绘一尊矍铄古旧的金色石碑
闪亮的旗帜摇伏路边的花朵
时间以不变的冷漠涂改山野的样式

一种微观的景致，像海的呢喃
将书页里的文字浸染成秋的颜色
发自深深的海，悬挂着那些
心绪不宁的蛇，体验时间的奥义

当它们享受诞生于母腹中的极乐
这剧烈的运动，疯狂的波涌
逼迫蛏蝓讲述海水遭劫的故事
用寂静的忧伤勾勒出天地万物的轮廓

姑娘红、云彩蓝

我们啜饮黎明茶

我们欣赏苦涩诗

犁开绿色文明

麦地长出象征黑色的希望

熔岩古老的枝叶

悬空在黎明的水中

绿色撒播原在的风

扎根在干涸无奈的嗓子

尘灰抛离故土

寓所的钢琴咒骂黄昏的余音

雨水闪动光洁的皮肤

裹着比叶子轻俏的躯身

阳光播放杀人故事
风的誓言浓缩为灯泡
荒凉的茶水在肠胃颠覆
血管绵延的地平线上

我们摄取姑娘红
我们眺望云彩蓝
我们躲在枫树背后的瞳孔
探向错乱疲软的天宇

春　潮

游弋在春潮的暖房
胸膛眦裂的河床，恰如
目视愁苦大地的云中圣子
摇撼墓的卵床，蜂房嗡鸣
觑觎不知方位的暴风眼

每一朵季节的花都曾哭泣
向太阳膜拜，旋转花萼
朝向古老的月亮山，如痴的
月光滋养大地的肌肤

将无尽的幻灭困锁于时间之河
醉醺醺的步履比空气还轻捷
蘸着脂肪的墨点，塑造一座座

欲望的象牙塔，琴声扒去
情人的眼眸，发出广袤的震颤

透过爱的秩序和感官的屏障
那些逝去的游魂抚摸孩子的脸颊
飞越夜的桥梁，激扬生命的
又一次疯狂，啜饮懊恼人的香醇

春城意象

慵倦的青年在酣睡
周身布满幽暗的阴沟
纵横交错，深浅不一
爬遍昏黄无数的蚂蚁

云朵仿佛是巨人的眼睛
俯视这一片高原之角
三三两两，时聚时散
云儿是不懂事的孩子

干涸见底的湖泊
——园林忠厚的保姆
微风过处，沉滓泛起
这也算一个宁静的去处

青年人线条突出
却不是隆起的肌肉
团团围绕，隔断呼吸
看不到天外的天空

在山茶与海棠的遥望中
世纪岩层发生了断裂
明镜湖水，掩映其中
多么明丽而惨淡的一瞬

树　影

月的音符
向婆娑的树影投下
鹤的幽鸣
记忆随风吹散
停伫于树的浪尖

马驹蹚过小河
水下现出墨绿的卵石
细浪微扬
由光亮的河的镜面
露出她昔日的倩影

红枫遮没村庄
清凉的空气回贯蓝天

云雀欢歌

心随绿茶慢慢溶解

像箭射穿裸露的卵石

心的叹息

何以丈量生命的厚重

蝉翼轻柔

或浮于斑斓的天空

或飞临古老深邃的花园

门

棕色的树桩
守护着寂静山门
电波网络与黑色织物
成熟的心令世界郁闷

一只悬垂的梨子
一幅沉思者的肖像
天空卧于水中，混乱
的意象纷至沓来

她凝视远去的行人
羽毛由高耸入云的烟囱
坠入静止的思绪
奇想的风暴侵袭她的胴体

爱愈发使人忘乎所以
越过房屋的囹圄，如歌飞升
以悲欢的极限
在绿色山门中顾影自怜

用飞翔的方式去找寻
失落的故乡。爱以一种
悠然的方式降临鸟的舌尖
无形的伞遮住她的脸颊

骤然走过喧嚣的房间
疯狂的音乐搅拌爱的调料
一道道门赫然洞开
让她潜入更深的景色

远古的歌

细碎的歌唱

向漾着青烟的田园飞翔

参天的心

参天的白杨

阳光的躯干比海宽

沿着它漫无目的地攀登

当壮美的臂膀在震荡

世界横倒在天空

海如蚁穴倾巢而覆

像羽翼的庇护和阴翳

哗啦啦心和白杨张开

墨汁泼写了堤上的棕榈

恭听穹昊下的琴声

歌儿重新飞进原始教堂

镶嵌在古色古香的壁柱上

古老的路

在荒芜的窗棂上
映着两个陌生的脸庞
失却的记忆里，它凸现出
无数条陡峭幽长的路

我问一条路：记忆在哪里
它把纯洁光亮的头颅
抛向宁静得出奇的天宇
——平缓而舒坦的时刻

路，伸长了无毛的胳膊
寻着暮牛归去的响铃
和古生物化石的斑斑足印
找到了光阴埋藏在地板上的色彩

超现实大理石

苍白如玉的大理石在延续
缭绕峰峦的冷风
白色手绢从顶楼慢慢飘坠
多雨而高音喇叭的旷地
乳白的脚踝哭出一滴月亮
月光使极静的湖面战栗
树影的淡香和沙沙声
乌鸫旋转着开出大理石花
少女沿墙走近饰物
蛹集的地方横睡三两颗星
血液从纪念册泛滥玻璃
记忆雾化成水滴在大理石
线条和色彩构成的版图

黑太阳

眼神在酒盅浓缩
烟斗冒出最后一丝蓝烟
退却到寂寞的阴影深处
城市化作疲惫的鹰

夜晚的太阳发疟疾般炫耀
慵懒的林荫道上
年迈的情侣原是姊妹
携手跑进电影中的小径

他们爬上漫长的梯子
在微泛世纪之光的平台上
捉住死亡的雨水像捉住美丽
时间骤然将俩人分割

两只冰凉的手继续攥紧
为了纪念黑太阳的诞辰日
在无人无物的广场上空
贴一枚邮票的气球
飞过城市草坪的海洋

抛撒下寂静

心灵的灯光覆照大地
忧郁的花吹向四面八方
一只深呼吸的神秘鹰鹫
掀开湖面古老的梦

水中没有语言
融化的冰水流过眼眶
奇形怪状的原生物
以残酷的手势截断生命

巉岩怀念昔日的风景
蓝天复活了随即消失
我们听到空旷睡梦的雷鸣
温柔的蠕动撩起阳光的愁绪

在模糊的雾之乡

月光被颤动的云头吞没

繁衍生息的树冠

一场鹅毛大雪抛撒下寂静

空荡的绿色

时间耀出空荡的绿色
鲜花撑开鼓胀的睡眼
白日月亮嘘唏旧情
美丽容颜飞随海的步履

时间耀出空荡的绿色
庶民脱下沉冗的睡衣
一百个海淀上嬉戏的女孩
藏在海浪温柔的节拍里

娇嫩似月桂的纤指
搓抚盛开在白日的月亮
微风中唤醒的旧情
牵动喧嚣不宁的神秘音韵

在记忆朦胧如水的表层
有明信片，旧的墨迹
写下活的蜘蛛，不可模仿的树
以及深不见底的痛楚

时间耀出空荡的绿色
我们驶出挂满风帆的海船

变 奏

时间以娇媚的指节
敲击雨后丰硕的田畴
龙故乡的泥土中
埋藏着不可剥夺的欲念

洪荒将生命的馅饼放入
盘子，千篇一律的祷辞
移植到母乳般跌宕的丘陵
画眉聚会于沉寂的树影

姑娘仰望蔚蓝天空
品尝三叶草发出的完美音乐
以战栗的滑音步入春天
向无所事事的荒城抛撒鲜花

群鸦归憩烟林深处

夜幕下的松林结出意象

的果实　坠入冷瑟的高原期

而岩石的血液流向天边的篝火

镜中岁月

深蓝的海和记忆中的摇篮
晃荡在街口，眼中有浪的孩子
被云的电光击伤，强光的折射
刺痛那些可怜巴巴的海鸥

荨麻叶子怎会浸透海波
茎秆上的绒毛，无声地刺入
人们粗糙的手掌，经由血管
寻觅原始而甜蜜的归宿

海啸在大地的颤抖之外
伤残人类灵与肉的存在。或者
微风在那不可视之地掀起
情绪的狂涛，从玻璃幕墙外
流入生命实实在在的空虚

多么苍白的真实世界呵
雾的芬芳形成屏障
心的沙漠将城池的黄昏
用水杉的化石修葺、装点
由绿色仙境步入梦的石栏

日 历

远空中尘土激扬
望天树温柔的手抚慰云的视觉
当孩子抬起洁净的脸，眼瞳的
微风吹越古老石竹南的花园

飓风的笔触在山脉的眼眶
描绘火一般的图案
瑟瑟的草地偃伏着冬眠的昆虫
饥饿的眼光辐射到星星乐园

太阳与月亮的影子
携手在墙垣漫步，跳荡的恋情
干燥的芨芨草插入灵魂
汲取春天的味觉

孩子的生命殁灭在春潮的暖房

稚幻的心脏滴下枫叶的晨露

脚蹼向树桩滑翔，隐没到

灰亮的云朵翕动、拥挤的河流尽头

你巨人的笑声中飘出凌乱苇花

沉进深不可测的池塘

原始的歌如象形文字般顿挫无力

修葺着古老而纯朴的思想

这是线上的生命

这是木炭的心
是心的托盘
木炭熄灭的心

这是托盘的眼睛
是眼睛的海水
托盘倾倒的眼睛

这是海洋的巨臂
是臂膀的天穹
海水淹没的臂膀

这是天空的躯身
是躯体的云团
天空流放的躯体

这是云层的欲望
是欲望的浊水
云层驱动的欲望

这是浊水的幻想
是幻想的经历
浊水混淆的幻想

这是经历的流亡
是流浪的线条
经历拉长的线条

这是线上的生命
是生命线上的生命

秋的主题

宁静水面太阳母亲这般沉郁
候鸟的眼睛穿越梦幻古城
海天一线，蓝色帆影绰绰
千层万叠的花果思恋月光之旅

谁人知晓爱情成熟的季节
众生的眼帘飞翔着雨鸟
心的音韵在梨树的弦枝调拨
灰色的休止符寻觅秋的主题

这么多季节的惆怅
遥远紫云撞入幻觉的城堡
跳绳的女子，恋人的絮语
方格子沙地放射全景的幻灯

没有时辰的湖岸
沙柳的情侣植在无风的长堤
两片云聚拢，仰望翠岗
海潮拨动甜蜜心琴

或许，黑色的太阳卸了绒装
楼塔疲惫地眷依梦的乳房
闪烁的灯光为新生儿的命运
导航，温柔地撩起生与死的浪花

每个站台洒满月的清辉
轰轰作响的指示灯伸进阴冷的角落
生活从忽亮忽暗的地域
显露出湿漉漉的鲜红的头颅

橙子的对话

两只橙子的对话即将开始
疯狂的舞蹈孕育在玫瑰对夏天的
渴慕中。无休止的星光交融
将斑马的条纹梳洗到时间尽头

老耄的祖父伫立在不毛山岗
用雪的节杖敲响大地子宫缓慢
的音律，以瀑布的颤音切割生命
让绿色苔衣覆盖大地的温床

用橙子的瞎眼去赞美世界呵
或凝视恋人穿越一片橄榄树林
背逆之光射入蓝色滤光镜
泛白的泡沫呈现梦幻的色泽

玫瑰与橙子的话语流入清澈
夜晚的空寂里。洋苏木与棕榈的
海角正在涨潮。一只绿色鸥鸟
轻拍翅膀飞向大海深处的魔镜

自然状态

流逝的云霞
天空搏击苍鹰的幻影
夜色闭合了山门
细细聆听天地万籁的呼吸

像生命之树开满春花
她爬过金黄的坡田
黛黑的发髻间升起明月
遨游在时空的边际

饮过清凉的甘泉
僭越树的年轮的时限
乡村的孩子头顶云的陶罐
走进无边的沙漠

那月亮般清晰的脸庞
嘲笑人们眼中残留的火焰
岩石上休憩的鹰
向流云投去苍冷的一瞥

一间橄榄枝搭成的蓬屋
一声翻越山岭的呼哨
掀开绿叶的帘子，从葳蕤的
窗口展现世界的变化

雷击后的村庄

雷击后的村庄，当春花
悬挂于万千条紫绿的枝头
风之子踯躅于天边的桥
垂耳聆听大地的变迁

四只鸟的歌唱组成和弦
飞越时间的队列，失散的
孢子滋养音乐土壤
而水高歌太阳的礼赞

村庄上隆起的眼珠
竭力采撷星星的果实
为陌生的女人梳洗云鬟
狂吻岁末的苍冷

色彩在水面摇晃
用预言讲述自然法则
雪中银杉轻轻变换体态
幻化为河上的思绪

雨水因季节的悲恸洒向
村庄角落，斜睨的树眼
抚慰着山的脊梁和心脏
古老的村庄在冷杉下
　攒动苍茫人影

一只蚌

偶尔大海

深藏不露的海底

一只记忆的蚌

将咆哮大海浪尖里

一圈圈传递出

震颤不止的旋律

吸摄进自己壳内

当这只蚌

伸出淡黄的舌苔

舔舐海下沙滩

海水灌进它的肉身

冲淡往昔的记忆

细沙上留下一串

蚌的轨迹

映照出海面上

飘忽流逝的红云

而黑色幕布上悬挂

昨夜的星换斗移

汹涌澎湃的浪涛

总会做出历史的证明

新的记忆又将

储存在蚌柔软的体内

洁白的信札

猎狐者的脚步

一个初春的吻在地板

滑行

我们轻如松球的步履

踏上去

整个雪野空泛的形象

虚无的灵光

洁白的信札在宣告

天空无字

信札里边无字

而春天苍白的胸脯淌出

浓的乳汁

同样不存在实际的感情

两只硕鼠

不失时机地钻探森林

隧洞

时间灯光把亮度调到

凝固风景

姑娘们的嗓子隔着薄暮哽噎

一样的姓名

不可名状的苍白

枯薪在冰水上燃旺

皱褶的心

流传下来的袅袅余音

仍在流传

在心与心之间

天与地之间，信札与信札之间

记忆如新

我们透视

无字的信札

猎狐者的足迹

那覆盖在细软冬雪下

苍白的故事

有人在茶余饭后闲聊

上帝回家啦

于是我们四处奔窜

无字的信札

雪地盛开随风飞扬的花

大海的意念

黢黑之夜，潮湿的巴掌
托举荧亮的灯光
照射想象中汹涌的波澜

在深蓝的背景上
空荡而氤氲的大气
袭向高耸的红色砖房

肆意的星光
将老者的白发轻抚
少女在树下畅缓呻吟

她渴望呼吸
温情的风走出脚踝之影
脱离苍白的肉体

波峰摇变身姿

天空驻留了最后一朵云

遮没万物的眼睛

线条散布绿野

那黄金分割的图案

用大海的意念熄灭灯光

泡 沫

为了吸啜光明
微澜吻别大地
无所羁绊地畅想
以稚弱无形的气体
扑向太阳的热唇

白雪皑皑的情愫
思恋无所忧虑的岛国
一枚楔形胸针
无端遭到放逐
寓言在炉火中抽泣

那冷寂山巅
野兽自主的疆域

世界被雷和溪涧主宰

无冕的兽王在

日珥的余晖中流连

树摇响皮肤

为在风的竖琴里

找到种子。甜蜜猥亵的心

在默默无语的夜晚

释放激情的光焰

一滴水被欲火蒸干

火的幻象从天空

坠入茫然的海之泡沫

宇宙不再转动

深深的黑洞藏匿着困惑

我将静卧

我将静卧

直面太阳和天空

让光芒洗涤肺腑

让鸟儿掏干

我的五脏

让一切概念腾空

停止呼吸

被落红埋没

化作草木的肥沃

我将静卧

撷一个问号

意味结束的疑惑

让雨水燃烧

煎熬我的额头
让栅栏笔直竖起
保护我的身体
开花和结果
让深入核心的感受
蒙蔽这片绿荫

我将静卧
做着树荫底下
编织花环的工作
让秋色徘徊脚跟
舞蹈者的脚步
应和节奏的鼓点
让荞麦被风磨成粒
让一杯淡水
雪橇般滑过嘴唇

我将静卧
摇曳醒目的指示灯
让漫游者歇脚
在港口

让陨石的突兀
变得孤立
让没有韵味的诗
走过布满苔藓
的石阶
让缓慢的原生物
脱下大褂
有灵魂的，没有灵魂的
树荫下走过

我们和你们

我们瞅见缥缈的尘埃
　　飘转到地球的原子核里
于是你们纷纷握起扫帚借夜光
　　清扫过时的灵魂
我们把庭院的木桩扮作炮筒
　　风是弹药
你们射击降落的怪物和太空朋友

我们呼吸风沙，并且
　　牵引所有的你们呼吸风沙
踏上自己肉体阶梯的不朽
　　征程
蹂躏惨白的光环，并且贱侮那
　　覆盖肉身的绿叶
折断的翅膀飞翔于狂虐的梦与海之畔

我们驾着驽马，并且牵引着你们
　　驾着驽马走过
大家像泡沫，并且只能像泡沫
　　滑翔在沼泽地

我们吞吐万象，你们却在喷雾器
　　哭泣时不自觉幻灭自己
低贱对于苍蝇、跳蚤、虫豸、病痛
　　焦虑、恶浊和饥馑
我们发现自己首先不欣赏自己
　　并且不能够厌倦自己

我们牵引着你们，并且牵引着
　　刚吃净头痛散的你们
在疾风中盯住太阳光芒的乳晕
　　呼救
我们的头颅将蜕化成高山
　　血液凝固成冰川
我们这一切在摄像机里
　　消隐入无涯无际的你们的阵痛

注 脚

鸽子在浓密的梧桐下散步
神话般地吟咏莎士比亚的诗句
羽翎向高大的阔叶飘升
又缓缓坠落无影的沙地

一群孩童逡巡于破败的城郭外
时间之门永远对他们关闭
忽听见头顶轰然一声巨响
暴雨骤然降至他们眼眶周围

他们并不明白桥梁的意义
从桥上逃亡是生存的一种选择
伴依爱犬蹲伏蓝色的桥上
兴致高过桥下那狂涨的洪流

天空镌刻英雄的名字，电光
以冷静的方式划过寂静的夜空
怎样一座白垩森森的树林
讲述着古老而令人惊怵的故事

当异域的空气钻入酸性的鼻孔
大地无法掩饰裸露的罪行
融融暖阳抚慰草茎，白鹳的嘴
卸下漫漫迁徙中无韵的注脚

我占有你的星光

我穿越星光，仿佛穿越你
甜蜜的飘香的幻想
在一度被侵占的空间
绝望浓缩为核弹大小的星光

我安置好星光，告诉你
姗姗而来的洲际导弹的路线
脂肪积压下丰腴厚重的云端
红日被指控为腥味的炸弹

我占有你的星光，蜘蛛钻进
你的记忆刺痛你盲视的眼
火光的利刃，骨头的鱼
我盲视你幼稚的喊叫，溪流中
纸叠的战舰

槭树之鸟燃烧你的想象
大海消失在你蓝色的辫梢
透过金灿灿的圆镜
我观察你在林中散步的姿势

水拨动星光，柔软的胳臂
风运用最美的字眼
将我窒息在你的怀抱
我的想象萎缩，然后拓展
成为放浪形骸的音符

春天储藏在你的玉体
你面颊堆满蜂眼和青春的云
在一个往事遭到放逐的礼拜日
鸟儿又飞返到你的思想深处

城市印象

这座城市里阳光

在墨石中沉睡不语

河岸上灰蒙蒙的月光

温柔地托举着尘灰

繁星般的昆虫旋转飞舞

向华灯下的人海投去

无形的羽毛

一种突变性的爱情音乐

浮摇在中央公园湖面

月波闪耀，游弋的锦鲤

荡起水母岩之肚皮

月喷吐着一匹老马的气流

侵袭着城外的山峦

无处不在的气流回旋奔泻

电杆上马眼的灯笼

鱼眼的挂钟计数着城市的

每一个梦

我们聆听自己的梦

与城市中无数个梦戏谑

从脚下浅陋的砖块

引向郊外的白杨树林

中间隔着几多电杆

楼厦和幢幢的影子

走在楼房的投影

和自身形体颀长的暗影里

一堵松树之墙伸出

长满尘土的手挡在路口

公园铜像上的字迹

落下斑驳的被鸟啄食的盐

一切海浪遥远的风

追逐城市昔日嘈杂的吼叫

太阳下沉思的鸟儿

纠缠着肌肤发热的少女

街道上的蛛网

从街头拖到街尾的龙

我们在它苍白脊柱的鳞片上
平静地铺展生命
这里鲜花与墙的故园
被幻影淹没
战舰停泊在店铺
双桨猛烈敲击油腻腻的秤
血在下水道凝成块状物
油滑的头长出犄角和棘刺
椽角的雨燕，夜的陨星
嘲笑没有回音的街衢

光灿灿的雨水

夏天光灿灿的雨水落下
他脑子塞进许多稀奇古怪的想法
她耳朵含着呼呼作响的风
闪烁的贝壳在对流的神色中放出光明

他俩身边逡巡往返着嗜血的野鸽
百合的头颅，这些缤纷的残骸
在月光沉入它粉饰的大海前
他的断臂举起疲惫至极的月光

她金棕榈般的皮肤吹奏安魂曲
他俩的忧虑就拥抱纸一样的暮色
黄昏吻着混合酒与血的厚重雾霭
成为画像虚张声势的圆圈

他断线的风筝缠绕在疯狂的柳树
寥寥无几的枝条上喘息
他俩的呼吸从隔热的云层散射
阳光在大地摸索着形成细微的声响

花丛下他俩抚摸花的呼吸
在寂静的酣睡中抚摸彼此的呼吸
脚步渐渐走入日光的尽头
他俩用目光互相赠予了时间雨水

我赞赏原始的风

我赞赏原始的风

此时就盘旋在硕大无朋的鼻梁

呜咽的海水在发狂地解嘲

灵魂像无依无助的稻草人

花生壳也在碎裂，在孤独车抽搐时

梦呓散发紫罗兰的淡香

弱不禁风的虱子在如履薄冰的月瓣

跳起现代爵士舞

医师的镜片无意中放大湿漉漉的淤泥

长出獠牙的瘸腿魔怪

梦幻的影子萎缩，一片紫云邀请蛇

到深层的湖做客

湖泊的根映出植物鱼的眼药水

动物海藻编织水的歌舞

透明水底的光线裸女伸长她

巨大的黑洞洞的懒腰

疯子的笑语从腋毛的丛林由远及近

推进海浪无语的注脚

在一个怪异的光圈里浴女们

追逐男性的海滩

沙子仿佛夏日阳光下燃烧殆尽的熟蛋

傻笑着寂寞的鸟岛

海鱼展开信天翁的翅膀飞翔在淡绿色

光洁的水体表

一架天线淌着血瞪着眼挟带噪音

在蓝色的边缘守望

平缓的阳台朝向光灿灿燃烧鬃毛的海

烧炙着绿色的丛林

一只不夜鸟高唱着不该唱的永久的歌

闪电击毙蜜糖的眼

断肢残臂的书签在页码里划分胳肢窝

与夜的界限

音乐诗意的水果刀奋力斩断烦闷的旋转

旅行的星空忧郁的疾病流行

夜 行

车行驶在黑夜，周遭是树的深渊
反光镜传出梦的呓语
我们寻找一线光明，黑暗却向车身反攻
永远走不完的夜路
于是，尝试着把眼光投向黢黑的森林
幽灵在高大的望天树之间徘徊
这里很静。一切野生动物消亡后的岑寂
一座森林——咆哮的江河之畔的森林
一座可以宽恕所有罪恶的原始森林
土著居民用爱铸造了优雅、宁静的生活
用自然之水洗去了对死亡的忧虑
而我们是在漫漫的行车路上才豁然明白的
我们的心，早已游窜到遥远的林间空地

圣洁的思维

孤傲的雄鹰
无形的头盖骨钻入地心
悲歌源自生命
启示充斥着夜的苍穹

窜动的云火，以昔日的形象
招喊轻拂长袖的天使
半壁电光敲击树林
大地眦裂如鲜花的丰乳

夜多么温柔，稀薄的空气中
攒动一只只混浊的眼球
微醉的天空唤醒人的意志
大海发出悲怜的怒吼

一只诡异的猫挠着痒痒

无病呻吟打破了清晨的宁静

希望跨越一道白色门槛

与周遭万物尽情享受阳光

风是无处不在的尤物

为了避开实地，进入空灵净界

她保持一种优雅的姿势

用半空中的果球捍卫圣洁的思维

夜的疆界

今夜我的思绪突入你的疆界
无休止地膨胀，又困顿地闭合了
混浊的眼睛。风舔着我的唇
忆起遥远往昔一次林中漫步

雪松般的圣殿倾压心头
星光搜寻永恒的主题
一只牝物，或红棕的怪兽
雨水将它点化为苍白的茎叶

月光照透肌肤，刺穿地心
用节奏的感应营造氛围
逃离渊薮，凭仗泡沫的癫狂
在大海上空竭力吟唱

如此隐秘的感受侵入爱的夜晚
膨胀——持续地膨胀，直至
苍穹垂下银白光亮的天梯
星星、女人、鸟，和孩子们的憨笑

太阳黑子

谁能像太阳的黑暗
野山藤般缚住我的心魂
让我在希望与失望之间挣扎
这是世界给我的最原始
也是不可抗拒的结论
人们的怨恨源于爱恋
这是怎样令人鄙夷的情愫哟
用冷漠封闭激情的门窗
默默的对抗挑起一次次的决斗
我只好回避阴狠的目光
看一看蓝天和小草
踩着梦幻般溪涧里的鹅卵石
注视小桥下默默淌动的绿汤
我翕动嘴唇咀嚼米饭

这足以证明生理尚在延续

但是一切都不必挽回

回忆人们炎夏时的神情

寒夜草原上飘浮的一串笑铃

和彩蝶旋舞降落在水井

我被莫名的孤独和失意缠磨

希望马车快些从天上下来

捎带我的心到遥远的北极

那儿解冻的冰原和极光

将可能教会我忘却

永久的忘却

白色风景

月亮山流下鹈鸪的泪水
沙漠的蛇蜷缩细懒的腰
杨柳的心燃放夜晚的爆竹
油渍冲刷烂掉的鱼向恒星

街上的花圃向广告致敬
（孩子们嚼食爆玉米向太阳行军礼）
神秘的知觉已将玻璃台辗碎
在发热的贫瘠的地心深处

白色风景卷起惊涛狂澜
海岸线隐蔽住自己僵滞的感情
灰暗的眼光闪现出不灭的灯
燠热的痛苦流进了漂泊的船头

水磨石的细碎如雨的海
痛楚的爆袭陨落在草屋的蓬顶
雄性的野兽用巴掌琢磨
海的柔腹
海星托举辞典诠释残酷的一幕

梦游在另一个空间的萤火虫
遁入怵人心魄的屏幕后的远空
冷静的梦，血肉模糊的容颜
萦绕在少女沉默忧伤的床头

一切仿佛灯光堆砌伤感的大厦
锋刃舔红脆裂的酒杯
目光的叹息扫描折断无弦的琴音
时间以不变的符号流出空阔的闸

猫从占领的墙跃居阳台
一个酣睡者从迷津的世界醒来
一股混合甘草的腥味飘逸夜空
倾诉泥土成长中留下的疯狂

水的臆想

月光凝视燃烧的生命

皮脂下埋藏的火舌

孤独的船水波眦裂

恋人颤动的手

在波纹凝滞的脸上翱翔

笑脸在橱柜上咝咝作响

水是苍白原料，鱼是冷冻脂肪

冷漠眼睛里的呢喃

透过它感受到

一粒米在杯子边缘滚转

水浪的表情无意识地演讲

游戏的花举行红色的仪式

夜空坠满婴孩的哭音

婆娑之响来自空旷水体

木桩摇摆着翩跹起舞

在平缓的景色背后

忧郁的水浇灌蓝皮肤的人

时间颤抖着明丽的薄翼

那些埋藏思想的深邃的井

习惯于将自己暴露于潮湿的黑暗

在时空之外尽情观赏

　　一片火的叶子

　　一株水的臆想

镜框里的洞

敷满嘴唇的小草吹着悲伤小调
那些龋齿嚼食着苦凉根茎
厚实的两片嘴唇厮磨她的名字
阳光下的运草车，流星般消逝

黑暗中变形的蛇走下楼梯
客厅的音乐摇晃把场的喜剧
一只懒懒的猫装饰静寂的墙
她粉刷自己黑暗中响动的眼睛

镜框里正在播放洞，洞里的
一个个窟窿现出锈绿的钢筋
镜子下的肋骨淌出清澈的溪水
铸成钟乳般的喷泉

树成群结队等候消息
脚趾慢条斯理踏入时间深处
在空洞时间外，有丰满的
脚去亲近那些阳光下鞋子的追求

一些人喝着绿咖啡味精茶
这茶兑合了他们多数人的味口
他们有灯芯绒的嘴巴
偏巧喜欢这狂野空气烹饪的茶

太阳蒸发的热浪扩散
芍药花向虫子的阴影绽开
孩子们玩耍一架破旧时钟
时光君临，他们微声痴笑
随后恶语咒骂，一束光停在床头

自传光彩的云

天空木梯自传光彩的云
　　迸射令人眩晕的谜
蜗牛身体盘绕的古庙宇的夕阳
　　投下木框的缩影
稻田风景在蜡染帷幕层层叠叠
　　的纸鹤飞进无底的深井
云彩驾驭古老季节在烟雾的墙
　　金色板面涂抹圆裸的枝条

习习和风中我们畅游遥远眼神
　　孤寂嘴唇的岛屿
月光亲狎的狂吻里让所有肚脐
　　放大甜蜜的深渊
山谷风的溪流送来断断续续

诱惑天使的歌

古老云影从水底哭出苍白鳟鱼

　　尾巴游动的鞭毛

喘息河水尝试穿过眼眶那座

　　深沉梦魇的空境

含笑花在圆周脸麻雀斑点上

　　发疯地狂笑

神经质的血色素浓黑长发

　　闪烁呆滞的晨光

你们的嘴唇闪烁在虚无夏夜

　　印上诅咒的符号

讥讽的金丝鸟伸出纤细脚趾

　　捣碎全部的脑浆

让躯体自在地在沙滩放声地笑

　　笑出荆棘的光束

风蘸着墨水在流血鬓发

　　颂扬囚犯的掌心

拥积着海心趋向金字塔的雾

　　聚散奔跃的荒境

痛苦的黄昏你们淡蓝发丝
　　堵住灵魂烟囱的气孔
语汇片段的残骸在泥沼地
　　发出密传电码
死亡的绿蚜虫在黑暗灯光下
　　爬行冰川时代

赤裸眼球无意喊着岩石心脏
　　驱动原始美的苔藓
空寂的破灭天传来重返天际
　　震荡久远的空寂
陨石聚拢地球的环形水晶
　　现出物质的反叛
季节沉寂后落入沉默流水
　　汇入荒漠思维的外空

梦 歌

一

绝望的甲虫

披上月的霓裳

躲进岩石背后的阴影

二

她在歌唱

颀长的乌丝直指蓝天

呵，时间的长河

三

树的背影

潜入想象的根须

梦正欲破土飞翔

四

水分子——生命的色斑

用轻率的嘴呼吸

干旱的季节静候自由的风

五

掀开脉霖下的叶子

绿的血液映衬她

鸽子般的眼珠，渐渐湿润

六

什么样的景物

诱惑伶牙俐齿的怪兽

爬上大地的温床

七

带刺的芒草

浸透海水的咸涩

心在路灯下放声呼号

八

月亮是一张白纸

映出灵魂的苍冷、惶恐

美妙音符飘临屋脊

九

世界错位了吗

冻结的云火挂满芦荻

神秘眼神凝视洞开的天厅

十

秋天，果实红透了

金子般的阳光燠暖坡田

风磨静息，停止转动

十一

石头通晓爱情

小鸟出租了爱的权益

交响诗踯躅于羊肠小道

十二

夏夜的清凉紧紧偎着

你的窗口，叽叽喳喳的匕首

在朦胧的巷口晃动

十三

烟斗、甜橙、一双鞋子

画中静物窃窃私语

一串悠长的音符踏过琴键

十四

游艇上螺旋桨叫嚷着

春天，喷气机的巨大黑翼

挡住蓝天的视线

十五

城市——幻觉的产物

激情的江河扭动蛇身

晦明晦暗的枝上暴晒的胴体

十六

自废墟的街角

闪出一位流光溢彩的美妇

她的名字印在花瓣上

十七

藤椅摇出未来的节奏

茶水泼向雪地

冒出一缕缕热气

十八

疯子般的鼓点

在贫瘠的大地敲响

夕阳把芬芳带入晚霞的梦境

十九

镜中男人

不知不觉变成他的

女人，恐惧攫住镜框

二十

人首牛身的神

躯体一半浸在水中

怀抱即将窒息的女人

二十一

他们是罪人

用臆想强加给人类

抒情企望修复破败的自然

二十二

晴朗的日子

两行诗句挑逗琴弦

音乐从躯壳逃逸出来

二十三

种子移植到婚床

幼稚的鹦鹉偷偷傻笑

词语耸立塔尖，不能自圆其说

二十四

蓝色在草皮上打滚

一幅荡秋千的世界名画

涂满芍药的芳香

二十五

说到仙女们

她们爱上入梦的森林

悄然陶醉了

二十六

多么荒谬的蓝呵

亮晶晶的眼睛瞪着涟漪

没理会梦的实在

二十七

穿过橡树林

和天空最后一道防线

月光触摸燃烧的大地

二十八
一切都晚了
上天赐予的纯洁与自制
而今，被风吹得支离破碎

二十九
伴随痴笑入梦
缪斯女神在曲径横斜的花园
启迪他的灵性

三十
顺流而下，顺时间而下
河岸在落日的余晖中
道出荒唐而又美妙的神话

马儿奔向星辰

我的马儿驮一口钟，奔向星辰
他的蹄子缄默着不吭声
而时间在窸窸窣窣慢慢地跑
无畏的风将他带向遥远的营地

他狂奔乱跑，像酝酿了一场阴谋
一团雾悄悄移向田园或山岗
在令人窒息的橡树林空地上
他用四蹄敲击出震耳欲聋的巨响

我知道，马儿离不开我的视线
他的生命早已停歇在我的血液里
默默待候命令，出发奔赴远方
银亮的马鬃发出不朽的铮铮誓言

在时间流上

在时间流上你金色的泪陌生的血圣洁的水流向了孤寂河广漠海在无边无际流亡云的笼罩下那点点滴滴的自我渐渐分裂成堆积的富丽而斑斓的细胞建筑刻画着印加图腾埃及楔形文字东方陨石祭文的胴体般的红色墙壁在颤动着鼓点的飞闪着羽翅的散播着歌声的蔚蓝天穹的天鹅绒帷幕的背景上隐约现出那张古老的脸亲昵的蜜蜂的脸无尽头的白皑皑的脸就寻觅不到冥冥的沉落在幽暗深渊的人再也不是自己不是别人可以形容的自由人在物象断残与柔软的静止里缄默着矜持着企望着花朵开放成野兽嘴张大成火焰焚烧成原始的记忆使你兴高采烈地随着璀璨的浑圆的孩子样的太阳走入梦与海的边界……

吹胡子的蓝光

　　我们吹胡子的吹拂海的发海妖的发海狼的发有如女神的风掀起披风斗篷的神秘神祇的起居室的面纱的神秘部落的狂野的笑的神秘的淫荡在那种种的气球冰激凌的漩涡里刺裂的线条的柔软里轰然作响的雷电的舰颜求欢里施放一束束自我的 X 光反射到云层的靛蓝紫蓝光屁股蓝裸女蓝里使最终的原在的性故存的毛发深留不动的做爱的表情放入一裸无余的岩石的表皮之下的深层地心的孩子的破坏的爆炸的蜕变的寂静中然后升华为孤独的原封不动在那里凝固的疼痛欢娱的超越上就会有新的色彩如吗啡的柠檬汁注入到血液里上百上千上万年就神经质的神话的顽固笑纵笑嘲笑流淌成今后全过程的丰硕里程碑。

射电游乐场

　　神圣纪念日的傍晚我们散布在射电游乐场学会射电游戏开始射击美丽遥远的美丽无穷层次的美丽的我们的射线穿过雾气腾腾的原始森林的咖啡屋透明玻璃的半壁雪山的雪崩由昏昏沉沉月光致幻术裸体蒸汽浴的棕色滩涂上我们双臂亲热搂抱空气少女的温存海豚密密麻麻的海藻地衣的超低空飞行器卷起成千上万个频道由无声的海中传出隐隐约约的回音久久地萦绕在顺时针钟楼的巨响打破原先平缓地带的玩具人摆弄优美的胡须的苦涩的笑意的恶作剧的呻吟的时断时续的交响乐与古筝的混响地带里我们湿漉漉地爬向海岛与太阳城的空寂冷风吹拂城市广告牌含糊的字迹的疯

人院的合欢树的公园角落聚集了戴眼镜的
人的喉咙里喷嚏如雷声滚滚的影视厅的气
氛打散了慵懒射电游乐场的圆圈的我们放
纵的游戏苦闷的游戏无所适从的游戏在陶
醉的射电游乐场伤感的射电游乐场无所邂
逅的射电游乐场我们是一群欢乐的树无度
的草皮无忧无虑来去无影的动物的我们是
射电大自然完整不可或缺的组成部分。

海蓝色的记忆

蓝色花瓣移动心弦在水中溶解一个花的海滨花的海洋花的天堂花蕊像少女衣裙托附着颤抖的蜂群遥远的蜂房神圣而潮湿的暗影

一个星光颤栗的夜晚花涨起了无数蓝色的雨潮将沉寂无人的小径淹没得了无踪迹

一只蓝鸟在瀑布下始终露出一颗美丽的头颅寻找同伴的标记——轻薄的羽绒在雪片翻飞的浪尖上敏捷跳跃伸长了嫩黄的蹼拨弄梦中的苔藓和水草

水中一簇砂岩在喷吐肥皂泡的火焰突兀地烧灼到我们赤裸的土地上使各式各样的鲜花草木泛起什么样的蓝色波浪堵塞了

一个个岩洞

上帝是否爱这无边流动像城市车水马龙般生动的蓝色极欲从忘川之外的地界探出金光闪闪的嘴唇亲吻花的肌肤撒下一张无形的网主宰它们朝夕变幻的色彩和生命

在寂寞的沉思中一朵衰微的花由红色、蓝色、黄色、白色渐渐蜕变为精神病的天空吓唬人的苍白颜色然后太阳从浓密乌云中缓过气来透出澄清一切的光束点染了向日葵的黄色玫瑰的红色无忘我的蓝色还有睡莲的白色

一朵朵鲜花撑开迷醉的眼帘扩开低垂的瞳孔凝视田园大海的风景从山岗的一段小径一片枣树荫下远眺海上雾霭笼罩的壮丽景色蓝鸟叽叽喳喳赞美这永恒的时光

微弱的渔火在珊瑚礁沉默的楫首跳荡梦神的眼睛深情地望着海的边缘像熟睡的孩子梦见太阳与死亡一样的永久事物

闪烁着层层叠叠银色亮光的沙滩上一朵花被细沙着色掩埋仍却露出花一般的脑袋在空气中呼吸海星的气味

一群海燕列队飞行一圈一圈的保护色掺和沙粒使蓝色蒙受了黯淡在晦明晦暗光影斑驳的海空中晾晒着皮肤冲刷着略微芳香的皮肤

那些懒洋洋的孩子啃麻花似的扭动身子将自然光洁的花蕊花瓣花冠抛洒到苍茫海上夜晚星星的缝隙中体验了跨越宇宙的生命

月桂树紫檀树合欢树围抱在庭院中展示出树木年轮的机理又预示我们在光明的时间背后依然呈现光明在光明的天空中永远充斥未知的光明物

因为蓝色的缘故我们的心境储满风暴狂澜却仍将净化为光明洁净的海洋花园在寂静无声的时间中翻滚着永不泯灭的波浪

学会藏匿（代后记）

诗人 一挥

昆明诗人杨旭恒曾在报刊上发表不少散文诗以及音乐、电影等艺术评论。作为一个诗人，有广泛的艺术修养很重要，因为好的诗往往在形式上会给人强烈的音乐感、画面感，还有类似电影镜头剪接的动感。近日，杨旭恒的新诗集《我们是石子》即将由人民日报出版社出版，我觉得其中的不少诗，就像悠扬或摇滚的音乐，如果朗诵出来，会有更好的听觉效果。比如"我从／这一座／旋梯／飞至／另一座／旋梯／更高的／旋梯／更美的／旋梯／燃烧的／旋梯／旋梯／在我的／脚下／摸索春天／我在／它背后的／栅栏／隐没踪影……"（《旋梯》）这首诗有如儿童钢琴练习曲一样的明快旋律，又有形而上的象征或隐喻，就像杜尚的画作《下楼梯的裸女》一样，令人思索。

杨旭恒的诗尽管有对先锋的追求，但在我看来，其内心深处仍充满传统中国文人气质。他在一些诗中，试图让传统的、无数中国诗人写过的风景，藏匿在诸如现代游乐场这样的主题和反传统的语言排列方式之后，这也是许多当代中国诗人惯用的手法。写诗的人都知道，传统的压力无比巨大，要对景抒情，没有人能超过李白、李煜等古代诗人。要写出陌生感，必须学会"藏匿"，不那么直接地表露内在气质。但这种倾向不一定是刻意为之，也可能是本人矛盾心理的自然流露。杨旭恒自己也说："我背不动古代任何一笔丰厚的遗产，也不致被西边刮来的飓风弄得昏头转向。"

对传统文化自信而敬畏，对西风接受而又警惕，这形成了杨旭恒诗歌多元化而又中庸化的风格。

现在是一个艺术多元化的时代，不同风格都有生存权，但风格又显然不是决定作品成功的第一因素。我觉得写什么以及怎样写都不是最重要的，关键是有没有激情、有没有精神和感染力。我说的激情不一定是金斯堡式的狂放和愤怒，矛盾、中庸、沉默以及藏匿的力量也是可以形成激情的。杨旭恒有几首诗达到了或者说接近这种效果（这已经很不错了）。比如《思索着，燃烧着》《伤感》《隐藏的声音》《际遇》等。其中《隐藏的声音》只有四句："在我的耳鼓深处／噪响着另外的声音／在我的愿望深处／封冻着永恒的时光。"诗人虽倾听着全球化时代"另外的声音"，"愿望深处"却"封冻"着"永恒"。看似简单的语言下，藏匿着噪动和选择，藏匿着开放和保守从不同方向撕扯的张力。在这个崇尚简单生活的时代，诗歌也最好像杨旭恒这样写得简单而有激情（这是中国诗歌一个值得继承的传统），同时自然展现中国现代人的独特气质，这样才能与不同的文化对话和交流。外国诗人和读者（包括诗歌界大师托马斯·特朗斯特罗姆）已经通过杨旭恒的诗歌了解中国，学习东方文学的意大利青年法比奥已将他的诗集翻译成意大利文出版。我并未说外国人喜欢的就好，但至少说明杨旭恒的"藏匿方式"有交流方面的可取之处。